Cyhoeddwyd gan Rily Publications Ltd,
Blwch Post 257, Caerffili CF83 9FL
Hawlfraint yr addasiad © 2019 Rily Publications Ltd
Addasiad Cymraeg gan Bethan Mair

ISBN 978-1-84967-075-3

Cyhoeddwyd yn wreiddiol yn Saesneg yn 2018
dan y teitl *Old MacDonald Had a Farm* gan Top That! Publishing Ltd.
© 2014 Imagine That Group Ltd, wedi ei drwyddedu'n gyfyngedig i Top That Publishing Ltd

RILY

www.rily.co.uk

Tyrd i ganu
Roedd gan Ewyrth Ifan Fferm

Darluniau gan Jo Byatt

Roedd gan Ewyrth Ifan fferm,

I-Ai-I-Ai-O!

Ac ar y fferm roedd ganddo fuwch,

I-Ai-I-Ai-O!

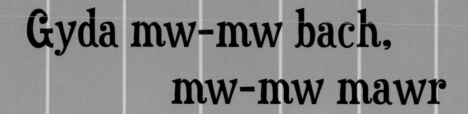

Gyda mw-mw bach,
mw-mw mawr

mw-mw,
mw-mw,
bob rhyw
awr,

Roedd gan Ewyrth Ifan fferm,
I-Ai-I-Ai-O!

Gyda chwac-cwac bach,
cwac-cwac mawr

cwac-cwac,
cwac-cwac,

bob rhyw
awr,

Roedd gan Ewyrth Ifan fferm,
I-Ai-I-Ai-O!

Roedd gan Ewyrth Ifan fferm,

I-Ai-I-Ai-O!

Ac ar y fferm roedd moch yn byw,

I-Ai-I-Ai-O!

Gyda soch-soch bach,
soch-soch mawr

soch-soch, soch-soch,

bob rhyw awr,

Roedd gan Ewyrth Ifan fferm,

I-Ai-I-Ai-O!

7

Roedd gan Ewyrth Ifan fferm,
I-Ai-I-Ai-O!

Ac ar y fferm roedd ceffyl cryf,
I-Ai-I-Ai-O!

8

Gyda ne-ne bach,
ne-ne mawr

ne-ne,
ne-ne,
bob rhyw
awr,

Roedd gan Ewyrth Ifan fferm,

I-Ai-I-Ai-O!

Roedd gan Ewyrth Ifan fferm,
I-Ai-I-Ai-O!

Ac ar y fferm roedd ganddo ieir,
I-Ai-I-Ai-O!

Gyda chlwc-clwc bach, clwc-clwc mawr

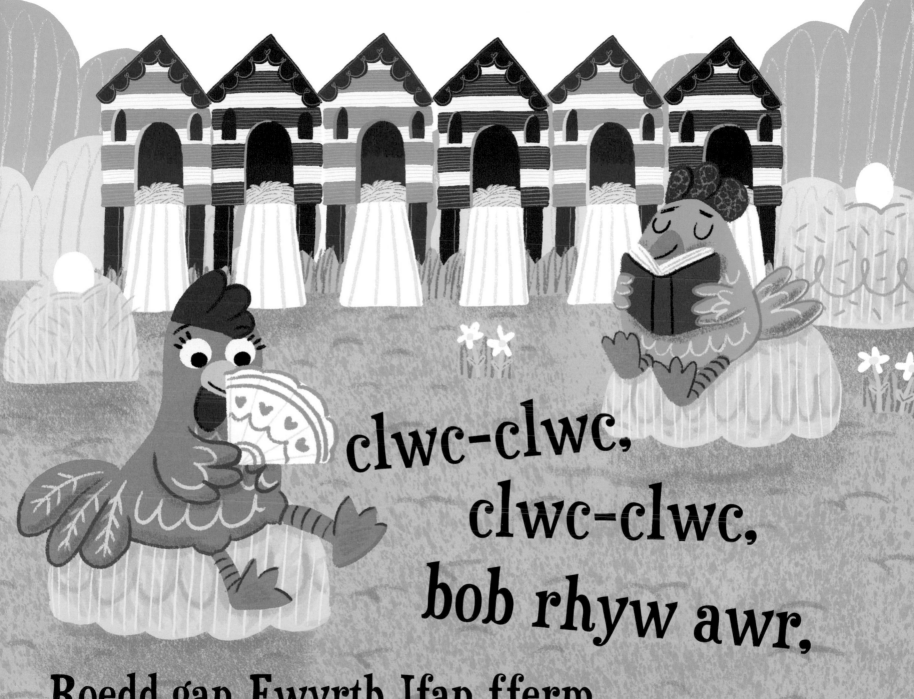

clwc-clwc,
clwc-clwc,
bob rhyw awr,

Roedd gan Ewyrth Ifan fferm,

I-Ai-I-Ai-O!

Roedd gan Ewyrth Ifan fferm,
I-Ai-I-Ai-O!

Ac ar y fferm roedd defaid sionc,
I-Ai-I-Ai-O!

12

Gyda me-me bach,
me-me mawr

me-me,
me-me,
bob rhyw
awr,

Roedd gan Ewyrth Ifan fferm,

I-Ai-I-Ai-O!

Roedd gan Ewyrth Ifan fferm,

I-Ai-I-Ai-O!

Ac ar y fferm roedd gwenyn mêl,

I-Ai-I-Ai-O!

14

Gyda bss-bss bach,
bss-bss mawr

bss-bss,
bss-bss,

bob rhyw
awr,

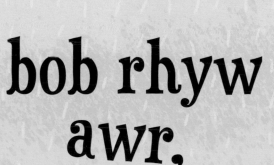

Roedd gan Ewyrth Ifan fferm,
I-Ai-I-Ai-O!

Roedd gan Ewyrth Ifan fferm,
I-Ai-I-Ai-O!

Ac ar y fferm roedd ganddo gi,
I-Ai-I-Ai-O!

17

Gyda bow-wow bach,
bow-wow mawr

bow-wow,
bow-wow,
bob rhyw awr,

Roedd gan Ewyrth Ifan fferm,
I-Ai-I-Ai-O!

Roedd gan Ewyrth Ifan fferm,

I-Ai-I-Ai-O!

Ac ar y fferm
roedd llygod bach,   I-Ai-I-Ai-O!

Gyda gwich-gwich bach,
gwich-gwich mawr

gwich-
gwich,
gwich-
gwich,
bob
rhyw
awr,

Roedd gan Ewyrth Ifan fferm,

I-Ai-I-Ai-O!

24

2 Old MacDonald had a farm, E-I-E-I-O
And on that farm he had a cow,
E-I-E-I-O!

With a moo-moo here,
and a moo-moo there,
here a moo, there a moo,
everywhere a moo-moo!
Old MacDonald had a farm,
E-I-E-I-O!

4 Old MacDonald had a farm, E-I-E-I-O!
And on that farm he had a
duck, E-I-E-I-O!

With a quack-quack here,
and a quack-quack there,
here a quack, there a quack,
everywhere a quack-quack!
Old MacDonald had
a farm, E-I-E-I-O!

6 Old MacDonald had a
farm, E-I-E-I-O!
And on that farm he had
some pigs, E-I-E-I-O!

With an oink-oink here,
and an oink-oink there,
here an oink, there an oink,
everywhere an oink-oink!
Old MacDonald had a farm,
E-I-E-I-O!

8 Old MacDonald had a farm,
E-I-E-I-O!
And on that farm he
had a horse, E-I-E-I-O!

With a neigh-neigh here,
and a neigh-neigh there,
here a neigh, there a neigh,
everywhere a neigh-neigh!
Old MacDonald had a farm,
E-I-E-I-O!

10 Old MacDonald had a farm, E-I-E-I-O!
And on that farm he had some chickens,
E-I-E-I-O!

With a bok-bok here,
and a bok-bok there,
here a bok, there a bok,
everywhere a bok-bok!
Old MacDonald had a farm, E-I-E-I-O!

Sing-Along
Old MacDonald
Had a Farm

12 Old MacDonald had a farm, E-I-E-I-O!
And on that farm he had some sheep,
E-I-E-I-O!

With a baa-baa here,
and a baa-baa there,
here a baa, there a baa,
everywhere a baa-baa!
Old MacDonald had a farm, E-I-E-I-O!

14 Old MacDonald had a farm, E-I-E-I-O!
And on that farm he had some bees,
E-I-E-I-O!

With a buzz-buzz here,
and a buzz-buzz there,
here a buzz, there a buzz,
everywhere a buzz-buzz!
Old MacDonald had a farm,
E-I-E-I-O!

16 Old MacDonald had a farm, E-I-E-I-O!
And on that farm he had a dog,
E-I-E-I-O!

"Wait a minute, where's my dog
gone? Can you find him?"

18 "Here's my dog!"

With a woof-woof here,
and a woof-woof there,
here a woof, there a woof,
everywhere a woof-woof!
Old MacDonald had a farm,
E-I-E-I-O!

20 Old MacDonald had a farm, E-I-E-I-O!
And on that farm he had some mice,
E-I-E-I-O!

With a squeak-squeak here,
and a squeak-squeak there,
here a squeak, there a squeak,
everywhere a squeak-squeak!
Old MacDonald had a farm,
E-I-E-I-O!

22 Old MacDonald had
a farm, E-I-E-I-O!
And on that farm he had
lots of animals, E-I-E-I-O!

With a . . .
"quack-quack!"
"oink-oink!"
"squeak-squeak!"
"bok-bok!"
"buzz-buzz!"
"neigh-neigh!"
"baa-baa!"
"woof-woof!"
"moo-moo!"
Old MacDonald had a farm . . .

24 . . . E-I-E-I-O!